魔法烏龍冒險隊

誰偷走了
心願之杖？

史提夫·史提芬遜 著

伊雲·比加雷拉 圖

新雅文化事業有限公司
ww.sunya.com.hk

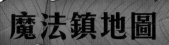

魔法鎮地圖

荊棘草原

大迷宮

松鼠樂園
橡樹林

熊崖堡

怪物林

鼬鼠城

雪峯

英雄暗號

無論是現在或將來，
魔法鎮可能會面臨大大小小的危險，
但只要「遠方會」唸出這道咒語：
「超級超級大英雄，遠方之地召喚你！」
大英雄就會立即出現，
守護這座小鎮。
記住，一定要大聲地唸咒語，
用盡全力去唸啊！

馬芬

與「遠方會」的朋友

馬芬

「遠方會」的大英雄，不修邊幅，
有點小聰明，敢於冒險。

吉爾

熊魔法師，有點笨拙和
膽小，喜歡美迪。

菲菲

精靈公主，可愛迷
人，但難以捉摸她
的心情。

美迪

浣熊醫生，醫術精湛，
溫柔細心，值得信賴。

泰德

鼴鼠博士，知識淵博，
背包裏放滿圖書。

布麗塔

松鼠戰士，英勇無畏，
但性格率直急躁。

目錄

1

睡眼惺忪的早上

要開始一場英雄冒險，其實不用徹底地從睡夢中清醒過來。

不過⋯⋯至少要先起牀才行啊！

這一點就連馬芬都知道，雖然他是個賴牀高手。

什麼？什麼？你們以為賴牀很容易嗎？才不是呢！鬧鐘叮鈴鈴一響，你就

得馬上把它按掉；刺眼的陽光一從窗簾的縫隙間闖進來，你就得立刻翻過身背對它；最重要的是，當媽媽連珠炮般叫你起牀時，你得裝作沒聽見。（有些孩子在媽媽叫喚第一聲的時候就已經投降了。）

在對付孩子賴牀方面，馬芬的媽媽稱得上是無人能及，她的吼叫聲可威力無窮呢。哪怕今天是星期日，馬芬已經被她的吼叫聲轟炸了三遍，而且她一點也沒打算作罷。

「夠了！」她的吼叫聲第四次響起，「趕快給我起牀！今天早上你要洗完

所有碗碟，把廚房的地板拖乾淨，還要整理你自己的房間！這樣你才能學會做家務，才會長大！」

馬芬不禁用被子蒙住腦袋。「快告訴我，我只是在做夢。快告訴我，這只是個噩夢……」他呢喃道。

但遺憾的是，一切都是真的。

馬芬唯有投降，慢吞吞地從被窩裏伸出一隻腳，然後再伸出另一隻。「為什麼我不是一條蜈蚣呢？」他一邊歎氣，一邊自言自語，「如果我是一條蜈蚣，那就至少需要一小時才能讓每隻腳着地，然

後再需要至少一小時才能讓每隻腳都穿上拖鞋。在我穿鞋的時候，說不定媽媽已經出門去買菜了，這樣她就不會盯着我打掃廚房⋯⋯而且，蜈蚣還需要至少一小時才能⋯⋯」

「馬──芬！」

我們的大英雄只好一邊打着呵欠，一邊朝廚房走去，他的一隻眼睛還閉着呢！或許他覺得，就算沒有徹底清醒，他也能做完所有家務吧。（我知道你想說什麼：有時候，他真的挺天真的！對，我也是這樣想。）

「別忘了洗臉！」媽媽的聲音從另一個房間傳來。

反正媽媽也沒說什麼時候，於是馬芬決定晚一點再去洗臉——下午或者晚上，不是都可以嗎？

到了廚房，他不禁撓着腦袋，東張

西望。咦？媽媽剛才説什麼來着？噢，對了！洗碗碟！

但是，在閉着一隻眼的情況下，想要把所有髒碗碟都放進洗碗機裏，這可不是一個好主意啊。你看，馬芬正要把一大堆碗碟塞進洗衣機裏了！

他打開洗衣機門，又打了個呵欠。這個呵欠大得連他的耳朵都咯咯作響。

就在這時，一聲響亮的呼喚突然從洗衣籃傳來：「超級超級大英雄，遠方之地召喚你！」

金栗子嘉年華

　　來自魔法鎮的咒語，把馬芬徹底喚醒了！

　　與此同時，他已經被籃子吸了進去，只是一眨眼的工夫，他就飛進了魔法世界，最後啪嗒一聲，背部着地……幸好，他落在一些軟綿綿的東西上，原來是一堆濕漉漉的葉子。

馬芬睜開雙眼，看見了天空。天空灰濛濛的，四周的大樹卻染上斑斕的色彩，掛滿了黃橙色的葉子。他轉過頭來，發現了比樹葉還要濕潤的東西——吉爾的鼻子。哈！他就躺在馬芬身旁呢。

　　「是不是很美呀？秋天真是一個特別的季節！那些樹葉看起來就像是……用金子做的，這樣的魔法我可不會呢。」大熊吉爾不禁讚歎。他長着長牙，渾身上下毛茸茸、軟綿綿的，在魔法鎮裏可找不到第二個像他這樣的魔法師。

　　「喂，你們兩個！」松鼠布麗塔喊

道，只見她正一蹦一跳地走來，身後還跟著鼯鼠泰德，「還在磨蹭什麼？派對馬上就要開始了！」

什麼派對？就知道你一定會這樣問，讓我來告訴你吧！

每年秋天，當第一批栗子成熟落地的時候，魔法鎮的居民都會聚集在雪峯下的這片樹林裏，一起狂歡慶祝。那裏有各式各樣的攤子、餐車和美食亭，種類之多，肯定超乎你想像。可是隨便想想也知道，遠方會的成員（也就是熊魔法師吉爾、松鼠戰士布麗塔以及鼯鼠博士泰迪）

把我們的大英雄召喚來，不可能只是為了參加一場派對啊。

「馬芬，我把你叫來，是因為需要你的幫忙。」吉爾一邊解釋，一邊從樹葉堆上站起來，「不久，金粟子嘉年華就要開始啦！那是一個無與倫比的派對呢！有好吃的栗子鬆餅、栗子糖果、栗子果仁蛋糕、栗子餅乾、栗子布丁、栗子忌廉……」

「我們一路趕來，難道就只是為了填飽肚子嗎？」布麗塔沒好氣地說。

「填飽了肚子，所有事情一定會變得更順利啊……」吉爾解釋道，「不過布麗

塔也説得沒錯啦！在派對進行期間，還會舉行**魔法大賽**，我真的很想贏這個比賽啦！可是……

大英雄，我需要你的幫忙才能成功，你願意當我的**助手**嗎？」

馬芬想起家裏，還有碗碟在等他清洗，還有牀鋪在等他整理……

「好，我加入！」
他一邊喊，一邊抱住了大熊。

就這樣，大家結伴朝着派對
的方向進發。其實，要找
到派對地點一點都不難
——只要跟隨音樂和食物
的香氣走就行了！

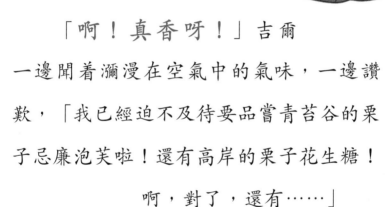

「啊！真香呀！」吉爾
一邊聞着瀰漫在空氣中的氣味，一邊讚
歎，「我已經迫不及待要品嘗青苔谷的栗
子忌廉泡芙啦！還有高岸的栗子花生糖！

啊，對了，還有……」

「看來你已經想
好要用什麼魔法來比

賽了⋯⋯」布麗塔打斷了他，「是不是打算讓所有甜點消失──把它們全都吃掉？」

事實上，這並不容易啊。在派對裏，鬆餅和甜甜圈堆積如山，還有怎樣也喝不完的黑莓汁。遠方會的成員注視着眼前的美食，不禁目瞪口呆。突然，一記隆隆聲響起，讓大家身上的毛全都豎了起來。（馬芬則是一頭藍髮直立起來。）

「終於來了點刺激的！」布麗塔一邊喊，一邊拔出她的木劍，「一定是野豬或某個怪物來了！大家準備好大戰一場

吧！」

「呃……其實……是我的肚子在打鼓啦……」吉爾一邊説，一邊揉了揉自己的圓肚子，「你們介不介意讓我先吃些點心，再參加比賽啊？」

這可是個好主意，因為馬芬剛想起來，他也忘了吃早餐呢！於是他走到攤位前東瞧西看，這裏吃一點，那裏嘗一些。不過，派對上並不只有吃的啊！整個魔法鎮的商販全都使出了渾身解數，各種商品和服務應有盡有：河狸正自豪地展示着他們用牙齒雕琢而成的木雕；蝸牛正向

大家推薦他們的黏液糖漿，說是什麼樣的咳嗽都能治好，連百日咳也不例外；野兔提供搬運服務；至於睡鼠嘛……當然是教大家怎樣打盹啦！

「太有意思啦！」吉爾指着睡鼠的攤位大喊，「吃過點心，就該小睡一會！讓我來好好

學一學！」

「吉爾，你可不需要上這樣的課。」泰德微笑道，「關於打盹，你自己就是最好的老師啊！」

「好啦！」布麗塔打斷他們的對話，推着他們向前走，「別再磨磨蹭蹭了行不行？魔法大賽很快就要開始啦！」

只見在一整列攤位的盡頭，有一個巨大的舞台，周圍已經聚集了許多觀眾。

「不好意思！借過一下！」吉爾小心翼翼地穿過其他觀眾，生怕自己踩到他們

的尾巴。

　　要參加魔法大賽，就必須先報名登記。正當吉爾和馬芬來到登記台前的時候⋯⋯

　　「抓小偷啊！抓小偷！」一陣急促的呼喊聲忽然傳來，觀眾們一下子緊張起來，他們有的奔跑，有的大叫，還有的直接暈了過去。「是狐狸萊斯塔！快抓住他！」

　　現場一片大亂，誰都不知道狐狸萊斯塔偷走了什麼，也不知道他逃到哪裏去了。萊斯塔是魔法鎮上最臭名昭著的小

偷，他的行蹤總是飄忽不定。

此時，吉爾已被羣眾擠得遠遠的，只留下馬芬一人面對負責登記的鼴鼠職員。

「請問你叫什麼名字？」鼴鼠職員抬起眼睛看着他。

「我⋯⋯我叫馬芬⋯⋯」他有些遲疑，「不過⋯⋯」

「不過我才是魔法師！」吉爾匆匆跑了回來，大喊道。

「請告訴我你叫什⋯⋯等等，我已經寫下了馬芬的名字。」鼴鼠職員指了指他的登記冊，「所以，魔法師是馬芬，

由馬芬來參加比賽，只能是馬芬，不是其他人。馬芬，你可以嗎？」

「難道就不能把我的名字塗掉嗎？」大英雄顯得憂心忡忡。

鼴鼠職員看着他，就像看一隻掉進湯裏的蒼蠅一樣，說道：「可以是可以，只是……」

「只是如果要塗掉名字，就需要取消報名辦公室的專用印章，還有取消報名委員會的同意書，而最重要的是，需要委員會主席的橡皮印章。」泰德插嘴道。

「非常正確！果然還是鼴鼠之間更

容易溝通。」鼴鼠職員笑着說，「蓋章需要一周時間，取得同意書至少需要兩周時間。再說，委員會主席正在度假，把橡皮印章帶走了。所以我建議由馬芬參賽，只能是馬芬，清楚了嗎？馬芬，祝你好運！」

「我以一千顆烤焦的榛子名義發誓，事態很危急！」布麗塔不禁大喊，「伙伴們，我們需要想出一個後備計劃！」

「後備計劃是什麼？餅乾計劃？布丁計劃？還是芭蕉計劃？」一個精靈從大家中間探出了腦袋。

「菲菲！」大家異口同聲地大喊，似乎他們的腦海中都閃過一個相似的想法……

菲菲身材嬌小，可以躲在大家看不見的地方，替馬芬施展魔法。馬芬的連衣帽就是個好地方！至於吉爾，他可以

充當馬芬的助手，這樣他也能上台了，對吧？

「哈哈，這個好玩！」聽完同伴們的解釋，菲菲不禁笑起來，「我從來沒『撞』進過連衣帽裏呢！」

「是『藏』……」泰德忍不住糾正她，「不過你得十分小心，不能讓誰看見你或聽見你發出聲音！」

「我一定會安安靜靜，不着痕跡的，就像蝴蝶放出的臭屁一樣！」

3

魔法大賽，開始！

　　狐狸萊斯塔不知所蹤，似乎已經逃離了現場。觀眾們逐漸恢復了冷靜和食慾，重新開始聊天，品嘗着美味的食物。

　　這時，熊大師阿奇米高登上了舞台，沉重的腳步讓地板嘎吱嘎吱地響個不停。他是一頭威嚴的大熊，留着長長的鬍子，穿着雪白的長袍。哪怕吉爾已

經很魁梧了，但他每次看見熊大師，都會覺得自己十分渺小。

忘了告訴你，阿奇米高其實是吉爾的老師，啊不，應該說是曾經的老師。吉爾還是魔法學生的時候，就是個闖禍精，接二連三地惹出麻煩。後來有一次，他闖了一個滔天大禍，熊大師終於忍無可忍，把他趕出了魔法學校。你知道嗎？直到現在，當時那股焦味還沒有散去呢！幸好自那以後，吉爾再也沒有嘗試使用閃電魔法了。

現在你應該明白為什麼我們的大熊朋

友如此熱衷於參加魔法大賽吧！他希望在曾經的老師面前好好表現，證明自己已脫胎換骨，並不是一個滿腦子只有蜂蜜點心的搗蛋鬼。

這時，熊大師用低沉有力的聲音宣布：「各位魔法鎮的朋友，歡迎大家！」

聽見他的聲音，所有觀眾都停下了咀嚼聲。「魔法大賽即將開始。如各位所知，大賽一共有三場考驗：圓鍋比賽、巨人比賽及推力比賽。最終獲勝者將會被授予⋯⋯心願之杖！」

熊大師將心願之杖高高舉起，觀眾不

禁驚呼：「哇啊！」

心願之杖看起來就像一根乾枯的樹枝，但以你的聰明才智，一定知道凡事不能光看表面。我相信你應該已經猜到，這是一枝強大的魔法杖，甚至有點危險──它能夠滿足任何願望（只要它還有魔力），因此如果它落入邪惡的手爪之中，就會帶來極大的麻煩，比黏上犀牛的鼻涕還要麻煩啊。

負責登記的鼯鼠職員恭敬地向熊大師鞠躬，將登記冊遞給了他。熊大師接過後說：「現在我宣布參賽者名單，聽到名字

33

的請上台……第一位，帥比！」

帥比是一頭高大英俊的熊，一身皮毛閃閃發亮，還散發着香氣。（我知道，要是你把鼻子湊到書前，只會聞到紙張的氣味，但你一定要相信我的話啊。）

此刻，帥比已在支持者熱烈的掌聲簇擁下登上了舞台，他的支持者簡直不可勝數！

「喂，你們快看！美迪也在！」布麗塔大叫，指向一頭美麗的浣熊，「原來她也來支持帥比！」

「說不定她是因為我才來這兒呢！我

也是一頭**帥氣的大熊**啊……」吉爾不滿地咕噥道。

布麗塔不禁打量起吉爾，從腦袋到腳掌，一寸都不放過，最後得出結論：「你要是一頭帥氣的大熊，那我還長着**大象鼻子**，長着**鬍子**，長着**觸角**呢！」

「下一位，**漢姆將軍！**」熊大師繼續唸出名字。很快，一隻蹦蹦跳跳的倉鼠就出現在舞台上。他和所有倉鼠一樣身形細小，但挺拔威武，儼如一名戰士。

「下一位，**馬芬！**」熊大師喊道。在朋友們的推拉下，馬芬出現在舞台上，

身後跟着吉爾。阿奇米高看見自己曾經的學生，立刻投以一道深邃的目光，問道：「你難道不打算自己參加比賽嗎？」

「尊敬的阿奇米高大師，這次我不參加。」吉爾有些尷尬，「我只是我朋友馬芬的助手。」

「這樣最好……」熊大師的口氣很嚴厲，「我可不想再把水獺消防員叫來。」

熊大師繼續介紹下一位魔法師——芙烈達。她是一頭母白鼬，來自雪峯。

緊接着還有許多其他選手，那張名單似乎永遠都唸不完，上面有河狸、貓頭鷹、

獾、蜻蜓……什麼動物都不缺！似乎只要誰能流利唸出「阿巴拉卡德把拉」，都報了名參加比賽。（你也唸了一遍，對不對？嘿嘿，我太了解你啦！）

最後，所有參賽者從舞台下來，走到進行比賽的草地上，觀眾則圍坐成一圈。一切就緒後，熊大師迅速做了個手勢，變出一排鍋子，鍋子裏都裝滿了冰水。

「圓鍋比賽現在開始！」熊大師宣布，「如你們所見，每個鍋子裏都盛有冰水。助手，請向大家展示一下，這水有多冰冷！」

「真的要這樣做嗎？」一隻青蛙從熊大師的長袍裏探出腦袋。

「沒錯，這是規則。」

「好吧，好吧……」青蛙歎了口氣，便猛地躍進其中一個鍋子，但一瞬間，他就已經跳了出來，還直嚷着：「哎呀！」

「你們看，他冷得跳過了樺樹林呢。要知道，去年他從鍋子裏彈出來時，只跳到了乾栗林……」泰德低聲說，「鍋子裏的水一定冰冷至極……」

「很好，冰水溫度已經達標。」熊大師宣布，「誰最先讓冰水沸騰，就是本場比試的勝利者。現在，比賽正式開始！」

「你知道該用什麼魔法嗎？」馬芬悄悄地問。

「當然啦！」躲在連衣帽的菲菲回答，「你自己編一道咒語，剩下的就交給我吧。」

於是馬芬湊到鍋子前，吉爾跟在他身後。只見馬芬揮舞起手指，然後……

「冷水，冰水，快快沸騰，來吧！」

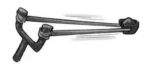

聽見他的咒語，熊大師不禁皺起眉頭，吉爾尷尬地假裝看向天空。

「馬芬！」吉爾悄悄壓低聲音對他說，「咒語必須包含一些奇怪的字詞，而且還要⋯⋯押韻啦！」

「呃⋯⋯沙拉卡蘇！冰水冰水，趕快沸騰！噗嚕噗嚕！」馬芬即興創作了另一道咒語。唉，大英雄，這咒語也不怎麼樣呢⋯⋯

幸好，菲菲的魔法已經開始見效。你看，鍋子裏已經冒出了一個泡泡，接着又是一個！兩個！三個！太神奇了！只是

一眨眼的功夫，鍋子裏就擠滿了泡泡，它們不停地變大，變大，再變大……甚至開始溢出了鍋子。

原來，菲菲變出的是薰衣草味的肥皂泡！觀眾都笑了起來，伸出爪子想

要抓住泡泡。此時，青蛙助手已經回到熊大師溫暖的袖子裏，他伸出舌頭，戳破了其中一個泡泡。只有馬芬顯得十分懊惱。

「我們贏了嗎？」菲菲的聲音從馬芬的連衣帽裏傳出來。

「沒有……菲菲，讓水沸騰是指把水加熱，並不是在鍋子裏填滿泡泡啊！」

「哎呀，那真可惜！」菲菲一邊嘀咕，一邊從馬芬的頭髮裏探出腦袋，「不過，我看你整個人又紅又熱……要是你能沸騰，我們還是能贏呢！」

4

菲菲的烏龍魔法

這時，其他鍋子開始冒出蒸汽，其中一個鍋子更開始晃動，甚至跳了起來。沒多久，一道冒着熱氣的噴泉便朝天空射出，那是帥比的鍋子！

「精彩絕倫！」熊大師表示讚許，「助手，請確認水是否真的沸騰了！」

「真的要這樣做嗎？」青蛙一邊哀

號，一邊往袖子裏縮。

「這是規則！」

「難道就不能⋯⋯改一改嗎？就改那麼一點⋯⋯」

「不行！」

這一回，青蛙助手還算走運，因為水已經徹底蒸發掉，鍋子空空如也。帥比盡情享受着支持者的歡呼，還向美迪送出一個飛吻。但他似乎嫌這不夠，隨即做了個手勢，憑空變出了一顆紅心。這顆紅心像氣球一樣，朝美迪飛去，然後⋯⋯砰！紅心在美迪面前爆裂，散下無數彩

色紙屑。

「好浪漫啊！」美迪不禁讚歎。

「真浮誇……」吉爾不服氣地說。

「真可……可

怕！」馬芬突然

結結巴巴地

說。只見熊

大師正在變

大，他越來越

高大，越來越

威武……而且帽

子下方的一雙眼睛

劈啪

正閃着奇怪的光芒，並射向他們！

「接着開始第二輪比試——巨人比賽！」阿奇米高宣布，此刻的他已經比大樹還要高，「在這場比賽中，身形變得最大的參賽者就能獲勝！」

魔法師們各就各位，他們遠離彼此，預留足夠的空間施展魔法。大家看起來都自信滿滿，只有馬芬覺得自己是那麼渺小……

「菲菲，你明白你的任務是什麼嗎？你要讓我變得巨大無比！」他小聲地對精靈説。

「當然明白啦！」菲菲回答，「我正好知道這種魔法！你別擔心，只管編一道咒語就好了！」

於是馬芬清了清嗓子，説道：「沙拉卡蘇！蘇卡拉沙！神奇魔法，讓我變大！」

「哈哈！有進步啊！」吉爾鼓勵他。可是馬芬的熱情很快就被澆了一盤冷水，因為菲菲的魔法實在很奇怪：馬芬並沒有變大，只有他的雙腳開始慢慢膨脹。（對，只有雙腳！）

「我得全身變大才行啊！」大英雄不

禁抗議。

「你別催我啊！」菲菲回答。

這時，馬芬的鼻子開始拉長，雙腳卻縮小了。接着，他的鼻子縮短了，耳朵卻變大了，而且右耳比左耳大……

觀眾的笑聲比之前更加響亮，熊大師不忍直視，只好轉過身望向另一邊。看見馬芬這樣，吉爾不禁緊張起來……

「啊！不！這簡直慘不忍睹！」

「把我的耳朵還原啊！它們之前已經夠大的了！」馬芬哀求道。

「你們能不能不要抱怨！我知道自己

在做什麼！」精靈火冒三丈。

不久，馬芬的耳朵變回了原來的大小，但同時他的雙手卻變大了，簡直就像兩艘飛艇！

「我說，快停下！」馬芬有些不耐煩，「快讓一切回復正常！」

至於其他選手，他們的表現比馬芬好得多了。漢姆將軍變得和一幢別墅一樣大，要知道這對倉鼠來說，已經很不容易啦！另一邊廂，帥比遠遠拋離了漢姆將軍，正試圖躲避在他腦袋周圍盤旋的燕子，而芙烈達也沒比他差多少……

那麼馬芬呢？他恢復了原來的樣子，
包括他的雙手。

「好了，現在你的雙手已經回復原狀，你可以向大家說再見，然後退出比賽了……」吉爾垂頭喪氣地說。

「我才不要退出呢！」大英雄露出了神秘的笑容，伸手捏了捏連衣帽裏的精靈。

轉眼間，熟悉的情節又再度上演！你也知道，每當菲菲生氣的時候（任誰被捏都會生氣吧，何況是這麼可愛的精靈），她就會變身為……

「巨型毛毛蟲！」一陣驚呼從觀眾中傳來。與此同時，毛毛蟲還在不斷變

大，馬芬則騎在她的腦袋上，享受着這場表演。

「真是歎為觀止！」熊大師一邊讚歎，一邊拍了拍吉爾的肩膀，「這名魔法師是你的學生？」

「這個……算是吧。」吉爾一邊回答，一邊轉

過身，想看看美迪是否在關注自己。但就像其他觀眾一樣，浣熊的目光只停留在毛毛蟲身上。

只見她正張開大口，彷彿隨時會吞下在她攻擊範圍內的東西。要知道，菲菲一旦化身為毛毛蟲，就不再溫柔可愛了，相反她會變得暴躁易怒，而且飢腸轆轆。（對了，你千萬得小心自己的手指啊！一條有魔力的毛毛蟲，可能會從書裏鑽出來咬人的！）

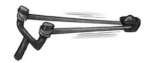

5

各出奇謀

別怕！一切盡在馬芬掌握之中，大英雄知道如何讓兇惡的毛毛蟲變回溫柔的精靈！

只見他把一塊甘草糖扔進毛毛蟲的大嘴裏，接着又是一塊。結果，毛毛蟲轉眼間就消失了，至於馬芬，他正坐在……半空中！

「下面的各位，小心啊！」馬芬大喊。在急速下墜之際，他抓住了在半空中飛翔的菲菲。幸好他眼明手快，在墜落到熊大師身上前，已把菲菲重新放進了連衣帽裏。

「哎呀！」熊大師連忙將馬芬從身上趕下去，「吉爾！這一定是你的學生，絕對錯不了！你看看，你的壞毛病他全都有：沒規沒矩，毛毛躁躁，而且還……那麼重！」

但這一次，觀眾席上爆發出熱烈的掌聲。顯然，馬芬以壓倒性的優勢戰勝

了其他對手，熊大師縱使不情不願，也只好將他的手臂高高舉起，宣布他為巨人比賽的獲勝者。

隨後，熊大師開始圍着草地跑起來。

「咦？熊大師在做什麼呀？」吉爾不禁納悶，「難道他這是在助跑，然後狠狠地踢我一腳嗎？」

「當然不是！」布麗塔回答，她正忙着為馬芬按摩肩膀，放鬆肌肉，「你難道沒看見他正在草地上畫圈嗎？推力比賽馬上要開始啦！」

沒錯！你看，在阿奇米高經過的地

方，草都枯乾了，一個黃色的大圓圈漸漸成形。戰場已經準備就緒！

每一位參賽選手都必須進入圓圈內，並設法將對手推出圓圈之外。

青蛙從阿奇米高的袖口探出頭來，呱呱叫道：「比試只有

一條規則，就是不能觸碰別的選手！除此之外，什麼魔法、招數、手段都可以使用。最後一個留在圓圈裏的，就算獲勝！預備⋯⋯各就各位！」

「這回我不能待在你身邊了。」吉爾對馬芬說，「給我記住啦，千萬要小心啊！」

於是，選手們各自在圓圈裏找好了位置，開始互相打量對方，琢磨戰術。突然⋯⋯

「小心，我們旁邊的睡鼠不見啦！」菲菲從馬芬的頭髮裏瞄向四周，「他一

定是使用了某種隱身魔法，想偷襲大家！」

芙烈達也發現了這一點，而且已經想好了對策！只見她做了個手勢，圓圈裏瞬間覆蓋了一層薄雪，這一定是雪峯特有的魔法呢！不久，雪地上就顯現出睡鼠的腳印……

「讓你們見識一下我的神奇魔法……大風吹啊吹！」芙烈達話音剛落，一陣寒風便將睡鼠刮起至半空，並將他吹到圓圈之外。

觀眾席的倉鼠啦啦隊突然爆發出一

聲驚呼。他們原本在為漢姆將軍吶喊助威，睡鼠卻從天而降，砸在他們的肚皮上。而睡鼠趁着隱身魔法還沒失效，立刻逃之夭夭。

你有沒有試過惹火一羣長着鋒利牙齒的倉鼠呢？沒有？那就最好不過了，千萬別冒這個險啊！

眼見每個對手都使出渾身解數，馬芬不禁緊張起來。他們的魔法太強大了吧！

「菲菲，你別愣着啊！」他小聲説。

「來個蝴蝶臭屁怎麼樣？」精靈回答。

「菲菲，現在可不是開玩笑的時候啊！趕快集中注意力，想個辦法！」

「這就是我的辦法啊！」菲菲笑道。

馬芬有點不耐煩：「不要再説笑了！你該不會以為，一個小小的臭屁就能打敗那些魔法高手吧？」

「要是只有一個臭屁，那也許不行……但如果有一百萬個呢？那就是

巨臭魔法，我知道該怎麼做！你能想像一百萬隻蝴蝶同時放臭屁嗎？當巨臭出現時，任誰都受不了待在圓圈裏的！」

「好吧……菲菲，如果你能做得到，就趕快試試吧！」此刻，馬芬越發緊張了，因為漢姆將軍正虎視眈眈地瞪着自己。

「你快捂住鼻子！」菲菲小聲説，並在空中畫了一個奇怪的符號。

天空瞬間暗了下來。成千上萬的蝴蝶，不論大小，不論是白色還是彩色，都從魔法鎮的不同角落飛過來了。牠們全

都聚集在圓圈的上方，看起來就像一大片雲朵。面對如此壯觀的景象，馬芬不禁看得入迷，菲菲馬上拉了拉他的頭髮，說：「鼻子！快摀住鼻子！」

　　馬芬照做了。這時，芙烈達也恍然大悟地大叫：「巨臭魔法！」

　　她邊喊邊指向馬芬，並趕緊用毛茸茸的尾巴摀住自己的鼻子。漢姆將軍收到她的警報，乾脆鑽進了一個地洞。至於其餘的選手，能用手指的就用手指塞住鼻孔，不能用手指的就用翅膀。至於那些既沒有手指也沒有翅膀的，像來自荊棘草原的蚯蚓魔法師恩利高，就只好屏住呼吸了。

6

巨臭魔法

接着，事情按照預想般發生了。

一百萬隻蝴蝶在圓圈上空飛舞，每一隻都在釋放臭氣。就這樣，一團散發着臭氣的雲朵在選手頭頂上方形成。為了等待臭氣被風吹散，魔法師們除了互相聊天打發時間之外，似乎別無選擇。當然，他們全都捂着鼻子或屏住呼吸。

「親（真）有你的！」芙烈達露出壞笑，「只頗（可）惜，貴（巨）臭魔法這一招，我太婆就已經有個（用過）。」

「沒錯！」漢姆將軍也從洞裏冒了出來，「一拍（百）萬頭野書（豬）放出的厚（臭）屁，那才叫可吧（怕）！」

「那下志（次）我就刺刺（試試）那個……」馬芬有些尷尬。

「請運（問）這還是摸佛（魔法）大賽嗎？」阿奇米高站在場邊，用袖子捂住臉大喊，「不許作（再）聊天了！趕壞（快）戰鬥！壞（快）！」

出於對熊大師的敬畏，每一位選手都立刻鬆開了摀住鼻子的手指、尾巴和腳掌。幸好，臭味已經消散了不少！

　　「決一勝負吧！」漢姆將軍大喊。

　　「放馬過來！」芙烈達回應道。

　　「呼啊！」來自荊棘草原的蚯蚓魔法師恩利高，終於可以舒舒服服地透一口氣。

　　可是菲菲一點都不高興。到目前為止，她施展的魔法沒有一次是奏效的。她想啊想，想啊想，不知不覺把馬芬的頭髮捲了好幾圈。突然……

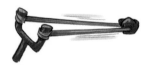

「我想到啦！」她悄悄地说，「讓我們來試試滑草魔法！讓他們不停打滾，滑出圓圈！你快編咒語！」

於是馬芬清了清嗓子，唸道：「沙拉卡蘇！威力復蘇！神奇之草，保證滑倒！」

不用我说，你或許也能發現，我們遠方會的大英雄如今已經成為了一名咒語高手。而菲菲的魔法施展得正是時候，你看，帥比正推着一塊蘸滿蜂蜜的餡餅衝向馬芬，一羣蜜蜂圍在餡餅四周嗡嗡作響。

馬芬聽見了聲音，眼見自己即將被撞倒，在這千鈞一髮之際，他飛身閃到一旁。結果，帥比摔倒在滑溜溜的草地上，他滾呀滾，滾呀滾，不僅滾出了圓圈，還一股腦兒撞倒了熊大師。這下可好了，連熊大師也一起滾進灌木叢。

「熊大師，對不起！對不起！我太冒

犯了……」帥比支支吾吾，狼狽不堪。

熊大師站起身，連一眼都不屑看向他，便拾起帽子，帶着剛才從袖子裏蹦出來的青蛙助手，陰沉着臉走開了。

吉爾趁機來到美迪身旁，嘲笑起自己的對手：「你看那帥比，真是個大笨蛋呢！」

但美迪卻沒理會吉爾，只聽她喊道：「馬芬，小心！」

原來芙烈達剛剛變出了一堆冰雪球，她先將球拋向空中，彷彿在玩雜耍一般；接着，她對準馬芬的雙腳擲過去。

啪！啪！啪！這些小球一落地就爆開，在大英雄的腳下形成一道冰雪地毯，而地毯的盡頭就是滑溜溜的草地。你知道這究竟會有多滑嗎？

「哈哈哈，小伙子，看看誰更厲害吧……」芙烈達大笑着，向馬芬投擲最後一顆巨大的雪球。撲通！馬芬被擲個正着，應聲倒地，一個翻滾便越過了圓圈，直接撞在樹上。

「菲菲，你還好嗎？」撞得鼻青眼腫的馬芬仍不忘關心朋友。

「我沒事，謝謝！只是，我沒什麼

力氣了……」柔弱的聲音從馬芬的連衣帽裏傳來，「今天我已經使用了太多魔法，必須休息一下。不行，我現在就要休息了……呼嚕！呼嚕！」

另一邊廂，戰場上的芙烈達為勝利在望而雀躍不已。不過，她似乎高興得太早了，因為漢姆將軍正像陀螺一般在圓圈中央旋轉，還將手爪往外伸直，彷彿在轉動着什麼重物……

「那個魔法叫『隱形爪』！」吉爾大喊。

漢姆將軍的爪子很長，他擊倒所有對

手，將他們趕出圓圈外，就連芙烈達的冰雪球也無法抵擋。

「勝利啦！」漢姆將軍歡呼，他的啦啦隊也欣喜若狂，用倉鼠特有的方式慶祝，就是拼命跺腳，並輕咬彼此的尾巴。

（雖然有點古怪，但大家都有自己的慶祝方式，不是嗎？）

「以下是各場比試的結果！」熊大師撢了撢袍子上的灰塵，隆重宣布，「圓鍋比賽的勝利者是帥比；巨人比賽的冠軍

是馬芬；推力比賽則由漢姆將軍獲勝。所以，我們需要加賽一場，以決勝負。午飯後見！」

馬芬不禁鬆了口氣，走向他的同伴。此刻，馬芬最需要的就是休息了，他的疲勞程度可一點都不比菲菲低呢。說到菲菲，她已經進入了夢鄉，熟睡的她從連衣

帽裏滑了下來。湊巧馬芬正從熊大師的身邊經過，他一個伸手，及時將菲菲握在手裏，以免被熊大師發現。

「你手裏拿着什麼？」阿奇米高質問道。

「是⋯⋯是鼻屎！剛剛從我鼻子裏掉下來的！」馬芬響亮地回答，希望熊大師不會再追問。

「那你喊什麼？」阿奇米高卻繼續問道，越發覺得可疑。

「這樣我的朋友才能聽見我的話啊！吉爾！你能不能過來一下？」

　　當大熊來到自己跟前時，馬芬緊緊抱住了他，彷彿他倆相隔了一輩子沒見面般。

　　「我把菲菲放在你的口袋裏。」馬芬悄悄地說，「你假裝什麼都沒有發生……她使用了太多魔法，筋疲力盡，已經睡着啦！」

　　「希望到了決賽的時候，她就能恢復過來……」吉爾歎了口氣，「也許我們該讓美迪來看看她。」

7

神祕的小偷

看過菲菲之後，美迪搖了搖頭。

「她並無大礙，但恐怕會睡上好幾個小時了。」浣熊醫生對大家說。

「那現在我們該怎麼辦呀？」吉爾不禁為決賽擔心起來。

「目前最重要的，是為菲菲找個安靜的地方，否則她的打呼聲這麼響，一定

會引起注意的。」布麗塔建議。

「我知道該去哪裏！」泰德有了主意。

大家跟在鼴鼠後面，來到剛才進行比賽的草地旁，然後沿着小溪往前走。

「這潺潺的流水聲能蓋過菲菲的鼾聲。」泰德解釋，「在這裏，她不會受到任何打擾，想睡多久都可以。」

美迪找了一棵樹，在樹洞裏鋪了些柔軟的青苔。「完美！這樣你就能舒舒服服地睡一覺了。」她將菲菲輕輕放到柔軟的小牀上，「這小傢伙真可愛！」

「可愛是可愛，但她打起呼嚕時簡直像一頭冬眠的大熊！」布麗塔忍不住評論道。

吉爾搓了搓手，微笑着説：「那在決賽開始前，我要做一頭大吃大喝的熊。這比賽真是讓我餓昏了呢……」

「又不是你參加比賽！」美迪提醒他。

「但我幫忙吶喊助威了啊！這很消耗體力的！」

「對了，美迪……」說話的是帥比，不知道他是從哪兒冒出來的，「剛才你一直在為我加油，你一定也餓了吧！我可以請你吃香噴噴的蜂蜜栗子蛋糕嗎？」

「可惜你來晚了！」吉爾連忙插嘴，「美迪的栗子蛋糕由我來請。我的蛋糕不只有上乘的蜂蜜，還有榛子粒！」

帥比露出自信的微笑道：「親愛的美迪，如果我的栗子蛋糕不僅有上乘的蜂蜜

和榛子粒，還灑上了肉桂粉呢？」

「那我的栗子蛋糕……」

吉爾還沒説完，就被美迪捂住了嘴巴，「蛋糕還是我獨自享用吧。你倆肚子都餓了，怎麼不一起吃午飯？」

「和他吃午飯？那我寧願吃泥土拌蕁麻沙律好了……」吉爾嘟嘟囔囔。

「那我寧願吃常春藤配蝸牛唾液呢……」帥比也咕噥道。

就在這時……

「不好啦！」只見熊大師往自己的袖子裏看，大喊道，「心願之杖被偷了！」

現場立時一陣慌亂。什麼？被偷了？誰幹的？什麼時候？

　　「啊，威武的阿奇米高，也許是你剛才奔跑時，不小心把它掉落在哪裏了。」青蛙助手從另一個袖子裏跳了出來，呱呱喊道，「或者是剛才你摔倒在灌木叢時，誰趁機把它偷走了，又或者……」

「快去找！」熊大師大吼，「誰能找到心願之杖，誰就是這次**魔法大賽的勝利者**！之前的分數統統不算！」

聽見他的話，所有參賽選手都蠢蠢欲動：那些已經得分的，害怕自己最終白忙一場；而那些沒有得分的，又瞬間看到了勝利的希望！

但是，究竟該從何入手呢？觀眾中似乎有誰已經理出頭緒──也許這是狐狸萊斯塔幹的好事！也許他根本就沒有逃走，只是假裝離開，然後又喬裝打扮重回現場，混入了觀眾之中，最後趁亂從阿奇米

高那裏偷走了心願之杖。又或者⋯⋯

　　「照我看，事情和狐狸萊斯塔毫無關係。」泰德把伙伴們召集到自己身邊，「我們怎麼能肯定他來過現場？可能有誰故意放出風聲，擾亂大家的視線呢？」

　　「不過，誰會這樣做啊？」吉爾一邊問，一邊咬下手上的七味蜂蜜糕餅。

　　「不管是誰，他的腳掌一定很

細小柔軟……」泰德若有所思地指了指地上的一串腳印，它們從草地一路沿着小徑伸延至雪峯，「難道你們覺得這像狐狸的腳印嗎？」

「遠方會的朋友，我們立刻出發吧！」吉爾突然宣布。他把另一塊糕餅塞進嘴裏，然後用拳頭捶了捶胸，「我們一定會找出……嘖嘖嘖……那個臭小偷，然後把……嘖嘖嘖……心願之杖還給熊大師！」

「一定要找到心願之杖！」布麗塔鬥志昂揚地回應。

「我要留在這裏陪菲菲，祝你們一切順利。」美迪説，「萬事小心啊！」

於是，遠方會的成員馬不停蹄地向着雪峯進發。小徑一直在樹林裏伸展，但漸漸地，四周的樹木變得越來越稀疏，而他們也覺得越來越冷。路邊不時會出現一些奇怪的樹葉堆，這些會不會是小偷留下的標記呢？它們到底有什麼意思？

沿途的樹葉堆越來越高，如今出現在馬芬他們面前的，已經高得擋住了他們的去路。説實話，這樹葉堆能藏進一頭熊，或身形更魁梧的動物呢。

「這看起來就像一個魔法陷阱。」馬芬警覺地說，「現在該怎麼辦？」

「我們還是往回走吧！」吉爾提議。他的膽量就跟肚子裏剩下的糕餅差不多大小了。

「我就知道你是個膽小鬼……」布麗塔悄聲說道，「你們留在這裏，讓我來對付小偷！」

這時候，一陣涼颼颼的怪風突然襲來，如同漩渦般將大家全部捲起，並不停把他們推往樹葉堆去。沒想到馬芬剛才說得沒錯——這真是一個陷阱！

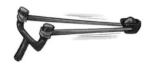

　　結果，遠方會的成員一個接一個掉進了樹葉堆裏，原來樹葉下面是一個很深的洞。

　　還是布麗塔身手最敏捷，她一把抓住洞口邊緣，馬芬及時捉緊她的尾巴，在半空中搖晃着，而泰德和吉爾則掉到洞底了。

8

誰是幕後黑手？

經過一番掙扎，布麗塔終於成功爬出了洞，連帶馬芬也被拉到洞外。就在爬出洞口的那一刻，他們看見一個影子消失在樹叢間。

「我們快跟上他！」馬芬說。他邊跑邊掏出了自己的忠實拍檔——魔力椏杈。這是一件神奇的武器，此刻它正閃

爍着藍色的光芒，彷彿也想加入戰鬥似的。

在遠處的灌木叢裏，一條尾巴若隱若現——小偷就在那裏！

「芙烈達？」馬芬驚呼。

「你好啊，大英雄！」芙烈達露出壞笑，卻沒有停下腳步。

馬芬二話不説，撿起腳邊的一塊石子，把它裝上椏杈，發射出去……你猜發生了什麼？石子到底有沒有擊中芙烈達？嘿嘿！**才沒有呢**！馬芬的確對準了目標，可是魔力椏杈實在難以捉摸。只見

石子繞着一棵乾枯的大樹轉了一圈，劈啪作響，接着突然往上躥，片刻就消失在樹林裏，根本連芙烈達的一根皮毛也沒碰到！

「魔力椏杈，你偶爾調皮一下沒問題。」馬芬揮舞着椏杈抗議道，「但也別太過分了啊！」

「你的椏杈真是太糟糕了。」芙烈達一邊嘲笑，一邊爬到樹上，得意洋洋地揮舞起心願之杖，「依我説，這一定好用多了！」

「衝啊！」布麗塔突然在一塊高高

的岩石上大吼，然後俯衝而下。但芙烈達一點都不慌張，她對着布麗塔施展了一道冰雪魔咒，瞬間將她困在一塊冰塊裏，動彈不得。

啪嗒！這時，椏杈射出的石子突然又

回來了！它打在那棵乾枯的大樹上，劈啪作響。大樹搖搖晃晃，開始傾斜……然後不偏不倚地倒在洞口上。別忘了，吉爾和泰德還被困在洞裏呢！

這看似是一場災難，其實恰好相反：因為他們順勢抓着垂落的樹枝，成功爬到洞外。

「魔力椏杈，我應該一直相信你才是……」馬芬的嘴角泛起了微笑。

與此同時，吉爾也馬上進入了戰鬥狀態，只見他對着芙烈達唸起一道咒語：「神奇彈跳大魔法，阻止壞蛋芙烈達！」

頃刻間，樹林裏的所有松果開始彈向芙烈達，讓她不得不從樹上躍下閃避。她不停地跳來跳去，並築起了一圈旋風牆包圍自己，阻擋松果的攻擊；還變出了一場暴風雪，想藉此困住吉爾。大熊立刻進行防守，在自己面前變出了……

　　「巨型蜂蜜甜甜圈？這是哪門子的防禦魔法？」布麗塔不禁大喊，此時她還在冰塊裏苦苦掙扎。

　　「哎呀，我每次一心急就會這樣。」吉爾回答，「不過你看，它還是有點作用的啊！」

另一邊廂，馬芬正躡手躡腳，悄悄地靠近芙烈達。嗖！説時遲那時快，他縱身一躍，從芙烈達背在身後的爪子裏奪過了心願之杖！

「謝謝啦！」大英雄揮舞着魔法杖，露出得意的笑容，「我真的很好奇心願之杖到底有多厲害，不如讓我們來試試看？嗯⋯⋯許什麼心願好呢？該要一頭烤焦的白鼬，還是一頭全身長滿紅點的白鼬

呢？」

「啊，不要！我求你了……」芙烈達露出一副可憐的模樣，苦苦哀求，「我並不想偷心願之杖的……我只是……只是想贏得比賽！其實我一次都沒用過它……」

「那是因為你害怕。」泰德打斷了芙烈達的話。他小心翼翼地來到馬芬身邊，繼續說：「大家都知道，這枝魔法杖擁有多大的威力……對了，馬芬，你為什麼不把它交給吉爾呢？由一位真正的魔法師來保管，這樣會比較妥當。」

「不不不！」吉爾驚慌失措，向後退了一步，「萬一我不小心唸錯了咒語，那就完蛋了呢！」

有那麼一刻，大家都停在原地一動不動，不知該如何是好。這時，芙烈達趁機說：「你們慢慢想，我先告辭了！」她留下一陣笑聲，蹦跳着溜走了。

「我們要追她嗎？」馬芬問。

泰德神情嚴肅，思考片刻後說：「還是由她去吧。看這方向，她是要回雪峯，那可是她的地盤。為了對付我們，說不定她會製造出一場雪崩呢。反正我們已經找

回心願之杖了，這是最重要的事情。」

問題似乎圓滿解決了。嘿嘿，真是這樣嗎？別忘了，還有一個巨型蜂蜜甜甜圈橫亙在樹林中間呢！

於是，遠方會的成員投入了一項新任務：在不該吃點心的時間，吃一頓超級點心！不過啊，吉爾總是說，如果現在不是早餐時間，那就應該是午飯時間。如果連午飯時間也不是，那一定是點心時間或晚飯時間。如果真的什麼時間都不是，那就在某個吃飯時間到來之前，先吃點什麼解饞吧！

9
心願之杖的秘密

任務完成！不過，別高興得太早，因為麻煩是永遠不會停止的。

遠方會成員踏上歸途，返回魔法大賽的場地。阿奇米高正在舞台上焦急地等待消息，當他遠遠看見心願之杖時，終於放下心頭大石，露出了微笑。

「吉爾，就由你來把心願之杖交給熊

大師吧。」馬芬將魔法杖交給了好友，「這樣你不僅能贏得比賽，還能給美迪留下個好印象！」

「不行不行，這可不公平！」大熊又將魔法杖還給了馬芬，「明明是你奪回來的！」

「但你才是魔法師！」

「但你是大英雄！」

「可是……」

就在這聲「可是」說出口的同時，一件意想不到的事情發生了——他倆推推讓讓，誰都沒拿穩心願之杖！結果，它掉

在地上，折斷成兩半！

　　「吉爾！」熊大師在舞台上看到了這一幕，不禁怒吼。

　　「你真是個大麻煩、大災難、大禍害！」

　　「他好像有點兒生氣……」吉爾悄聲說。

啪

「嗯，好像真的有那麼一丁點……」馬芬跟吉爾竊竊私語，「我看……我們還是逃走吧，你覺得呢？」

「好主意……」

「你們兩個想往哪裏去？都給我站住！」阿奇米高大發雷霆，「一切都還沒結束！一場魔法大賽不能沒有頒獎典禮！」

但沉思片刻之後，熊大師認為這次比賽根本沒有勝利者，而且連獎品也泡湯了。心願之杖已經折斷成兩半，誰知道它是不是還能發揮威力呢……

「熊大師，能不能讓我試試看呢？」
馬芬斗膽問道。

「好吧，我可以讓你試試，但要是你
再惹出什麼麻煩，我就立刻把你變成蟑
螂。你最好三思而行！」

呵呵，要是不敢冒險，那我們遠方會
的大英雄不就徒有虛名了嗎？

只見馬芬接過了斷成兩截的魔法杖，
大喊道：「我希望心願之杖能夠⋯⋯完
好如初！」

神奇的事發生了，片刻之後，心願之
杖真的變回了原樣！

一陣如雷的掌聲從觀眾中爆發起來，沒有手爪的就用翅膀鼓掌，沒有手爪也沒有翅膀的（例如來自荊棘草原的蚯蚓魔法師恩利高），就大喊：「嘩哈！嘩哈！」

　　現在，阿奇米高終於能宣布魔法大賽

的勝利者了：就是馬芬！

「好傢伙！」熊大師當眾讚許馬芬，
「雖然你總是接二連三地闖禍，但勝利者
的寶座非你莫屬⋯⋯」

大英雄露出微笑，並深深鞠了一躬，
向觀眾和遠方會的伙伴表達謝意，在場的
觀眾無不歡呼鼓掌。與此同時，馬芬也

開始思考，自己要利用心願之杖許什麼心願。不如……像冬眠的大熊一樣，安安靜靜地睡一整個星期，沒有誰來打擾，這好像也不錯……

這時候，阿奇米高湊到他耳邊說：「嗯……這件事只有你知我知！其實這枝魔法杖只能實現一個心願，所以現在它已經沒有魔力了……」

馬芬的笑容瞬間凝固。可是，他不該灰心喪氣呀！畢竟比賽最終圓滿結束，而且大家都在為他喝彩，連他的對手也不例外，一個個正排着隊準備和他握手。

漢姆將軍排在最前面，跟在他身後的支持者，可能有一百、一千，甚至一萬！

「啊，要是跟每一個都握手，那我的手非握斷不可……」馬芬不禁感歎。

「要是你願意，我可以把我的隱形爪借給你！」漢姆將軍笑道。

接着，盛大的舞會開始了。美迪挽起吉爾的胳膊，說道：「來吧！我們一起跳支舞。」

「可是，我的舞步就像大熊一樣笨拙……」吉爾推辭道。

「那我去跟帥比跳舞了！」

「不行不行！」吉爾立刻把美迪拉到舞池中央。

那麼馬芬呢？他正看着吉爾跳舞，只見他跌跌撞撞，幾乎踩到了在場所有舞

者的腳掌呢！

　　等大熊跳完舞，他就會將召喚馬芬的咒語倒過來唸，把大英雄送回家去。

　　唉，不知道有沒有一道咒語，可以讓馬芬在一秒之內完成洗碗、拖地和整理房間呢？要是這咒語存在，我一定會告訴你的。我敢打賭，遲早有一天，你也會需要這道咒語的。嘿嘿！等着吧！

魔法烏龍冒險隊 3
誰偷走了心願之杖？

作　　者：史提夫·史提芬遜（Sir Steve Stevenson）
繪　　圖：伊雲·比加雷拉（Ivan Bigarella）
翻　　譯：陸辛耘
責任編輯：陳志倩
美術設計：陳雅琳
出　　版：新雅文化事業有限公司
　　　　　香港英皇道499號北角工業大廈18樓
　　　　　電話：（852）2138 7998
　　　　　傳真：（852）2597 4003
　　　　　網址：http://www.sunya.com.hk
　　　　　電郵：marketing@sunya.com.hk
發　　行：香港聯合書刊物流有限公司
　　　　　香港新界大埔汀麗路36號中華商務印刷大廈3字樓
　　　　　電話：（852）2150 2100
　　　　　傳真：（852）2407 3062
　　　　　電郵：info@suplogistics.com.hk
印　　刷：中華商務彩色印刷有限公司
　　　　　香港新界大埔汀麗路36號
版　　次：二〇二〇年九月初版

ISBN: 978-962-08-7601-1
Traditional Chinese Edition © 2020 Sun Ya Publications (HK) Ltd.
18/F, North Point Industrial Building, 499 King's Road, Hong Kong
Published in Hong Kong
Printed in China